Alke Rudat

Paddys Katzenpost

Bibliografische Information der Deutschen Nationalbibliothek:
Die Deutsche Nationalbibliothek verzeichnet diese Publikation in der Deutschen
Nationalbibliografie; detaillierte bibliografische Daten sind im Internet über
http://dnb.dnb.de abrufbar.

© 2020 Alke Rudat
Korrektorat: Wilhelm Ehls
Herstellung und Verlag: BoD – Books on Demand, Norderstedt

ISBN: 978-3-7504-4239-9

Paddy

... wurde im März 2014 geboren und wohnt seither in einer beschaulichen Rheydter Reihenhaussiedlung.

Als Einzelkind lernte er schon früh das Zusammenleben mit seiner Dosenöffnerin Alke zu schätzen und bereitet ihr deshalb mit klugem Einfällen große Freude, sorgt aber auch für manche Überraschung.

Die größte hiervon war sicher, dass er 2015 auch das Schreiben für sich entdeckt hat.
Inspiriert durch zahlreiche Bücher, die er mit Alke in seinem Lieblingssessel lesen durfte, griff er nämlich selbst zur Tastatur und erzählt seitdem von Erlebnissen und kleinen Abenteuern rund um sein Zuhause.

Ungewöhnlich finden manche seine Vorliebe für Lakritz, doch auch Fleisch und Fisch stehen natürlich auf dem täglichen Speiseplan.
Gerne angelt er im Teich der Nachbarn oder flirtet mit der schicken Schwarz-Weißen von nebenan.
Gemeinsam mit dem Tiger beherrscht er die Dächer der umliegenden Garagen und verteidigt sie gegen den blöden Siam von gegenüber.

Und immer wieder staunt er über die seltsamen Eigenarten der Dosenöffner...

Jetzt geht's los!

So! Endlich darf ich auch mal hier am Läpptopp rumfummeln ... Ich mein, kann ja nich sooo schwierig sein, wenn Dosenöffner das Tag für Tag tun, oder???

Alke sitzt ständig vor dem Ding und tippt, und ich hab mich wirklich oft gefragt, wie sie das hin bekommt, wo ihre Pfoten doch noch viel größer sind, als meine ...

Überhaupt find ich so manches merkwürdig an Dosenöffnern, aber meckern will man ja auch nich ...

Hat Alke wieder mal eine ihrer komischen Ideen, verzieh ich mich meist, denn da kommt nich immer was Lustiges bei raus ... Diäten, dunkle Transportboxen oder Kokosöl im Fell find ich persönlich jetzt nämlich nich so drollig ...

Manchmal hat sie auch richtig coole Einfälle, aber wenn ich dann begeistert mitspielen will, lande ich oft vor der Tür ...

Dosenöffner eben ...

So oder so schlender ich also lieber über mein Garagendach, halt einen kleinen Plausch mit dem Tiger oder besuche die schicke Schwarz-Weiße von nebenan ...

Hab ich schlechte Laune, geht's zum doofen Siam von gegenüber, denn so'ne kleine Rauferei hebt meine Stimmung ungemein ...

5

Und komm ich dann wieder nach Hause, hat Alke mit viel Glück alles vergessen und wir kuscheln in meinem Lieblingssessel …

Es gibt also 'ne ganze Menge zu erzählen, und darum geht's jetzt endlich los …

Bitte recht freundlich

Ach nee, ... es geht doch noch nich los, weil Alke erst mal Fotos von mir machen will ...

Guuut, meinetwegen ... aber ich fürchte, unsere Vorstellungen von guten Fotos gehen echt weit auseinander ...

Oder, was bitte, soll an so'nem Bild spannend sein, wenn ich neben einem Bleistift sitz?!? Ich hab ihn probiert, der schmeckt üüüberhaupt nich, ...

„Paddy, guck mal rechts!"

„Paddy, guck mal links!"

„Und jetzt mal nach oben!" ...

Och nö, da hab ich jetzt aber so gar keine Lust drauf ...

Und was glaubt Alke wohl, wie lange ich ruhig sitzen bleibe, wenn sie den Zeigefinger hebt? ...

Ach so, jetzt soll ich erst in meinen Lieblingssessel, und kaum hab ich's mir da gemütlich gemacht, muss ich auf den Bücherschrank ...

Vielleicht doch auf den Schreibtisch? Oder lieber neben die Blumenvase?

Also, was denn nu???

Mülltonne, Fischteich, Einkaufstasche ... *das* wären Lokäischens, mit denen ich was anfangen könnte, aber da will Alke natürlich nix von wissen …

Und was macht sie jetzt? …
Ahh, Leckerchen zwischen die Buchseiten klemmen! …
Kein Problem, die find ich schneller, als sie blinzeln kann …

Ob ich jetzt vielleicht mal freundlich in die Kamera gucken könnte? …
Na klar, ich muss nur noch eben nachsehen, ob das dort hinten wirklich bloß ein Fussel is, meine Ohren kurz putzen, die Fliege da fangen, und …

Nanu? Wo is Alke denn nu hin? …
Ich sag's ja, Dosenöffner haben echt keine Ahnung von guten Fotos …

PS: Hab nochmal an dem Bleistift rumgekaut, der Radiergummi da dran schmeckt gar nich so schlecht …

Tiger & Co

Vielleicht noch ein kurzes Wort zur Nachbarschaft ... Klar, es gibt 'ne Menge Katzen hier drumherum, und so mancher möchte auch gerne mal über das Dach schlendern, aber *das* kommt natürlich überhaupt nich in Frage!

Das Garagendach gehört mir!
Genauso übrigens, wie der Kirschbaum, in dem immer die fetten Tauben hocken, die große Hecke, in der die Amseln wohnen und, nich zu vergessen, der Fischteich der Nachbarn ...
Es hat mich so manche Kralle gekostet, den anderen klar zu machen, dass hier mein Revier is und nich selten hat Alke die Augen verdreht, wenn ich mit neuen Löchern im Ohr oder Schrammen auf der Nase nach Hause kam ...
Aber die Raufereien haben sich allemal gelohnt, und mittlerweile hab ich meine Ruhe ...
Nur der Tiger kommt immer mal auf einen gemütlichen Plausch vorbei, und oft gehen wir gemeinsam angeln ... Er hatte aber auch höflichst angefragt, und eigentlich is ein bisschen Gesellschaft ja auch ganz nett ...

Dann gibt's da noch den doofen Siam von gegenüber ... der hält sich für was besseres, weil er Papiere hat und so ... hockt immer, wie 'ne Statue vor seiner Haustür und is zum Gähnen lanweilig ...

Alle paar Wochen will er dann doch mal auf mein Dach, aber da gibt's gar kein Vertun, so'n feiner Pinkel hat hier einfach nix zu suchen! ...

Manchmal wunder ich mich doch, dass die schicke Schwarz-Weiße von nebenan nich ihn zum Essen einlädt, aber nee, an ihren Napf darf nur ich. Sie hat's wohl auch nich so mit Langweilern ...

Ab und zu kommt noch mein Vater vorbei, aber eigentlich is der immer nur auf der Durchreise und sagt kurz meiner Mutter „Hallo", ehe er auch schon wieder weg is ...
Meine Mutter hat übrigens mit dem Garagendach gar nichts mehr am Ohr ... Sie sitzt mittlerweile lieber mit Alke auf dem Balkon und hält ein Nickerchen ...

PS: Hatte ich's schon gesagt? Das Garagendach gehört mir!

Advent, Advent

So! Jetzt hab ich aber echt die Nase voll!!! Seit Tagen verspricht Alke mir, dass ich hier auch was schreiben darf und dann fummelt sie selbst immer an dem Läptopp rum!

"Gleich, Paddy, ich muss dies noch, nee, Paddy, ich muss das noch" ... Kann doch wirklich nicht sooo schwierig sein, so'n Buch zu tippen, oder!?

Aber nu is die Gelegenheit günstig, denn seit ein paar Tagen is sie mit ganz anderen Sachen beschäftigt ...
Erst kraucht sie nämlich mit dem Lappen in wirklich jede Ecke, putzt die Fenster, obwohl richtiges Schietwetter is und räumt all die drolligen Dekosachen weg ...
Dann hängen auf einmal überall Kugeln, Schleifen und Sterne.

Spät dran sei sie dies Jahr ... Find ich auch, denn der ganze Kram ist so spaßig, den hätte sie wirklich schon viel früher aufhängen können!

Hat schon mal einer gesehen, was die Sterne für irre Schatten auf die Tapete werfen, wenn diese Dingsbumsketten an sind?
Kommt gleich nach *Blätter jagen* im Herbst, wenn einem der Wind so richtig durchs Fell pustet ...

Es is allerdings doof, dass man sich in der Wand nich so gut festkrallen kann … die is einfach zu glatt …

Gut, die Kerzen... muss ich jetzt nicht haben. Ich hab mir die wirklich genau angeguckt, aber da kräuseln sich bei mir alle Haare und außerdem stinken die …

Aber die Kugeln sind das Beste!
Unglaublich, was passiert, wenn man mit der Pfote danach angelt: Alles wackelt wie wild, die Dinger kullern über den Boden echt überall hin, und Alke kommt richtig in Fahrt...
So'n Spaß hab ich sonst nur, wenn sich eine von diesen doofen Amseln auf den Balkon verirrt!

Und kann man glauben, was dann passiert?!? Alke schmeißt mich einfach raus und spielt alleine weiter...

PS: Die Schleifen sind übrigens total langweilig …

Oh Tannenbaum

Man, hier war die letzten Tage vielleicht was los! Schon wieder rennt Alke mit dem Lappen durch die Bude, und dann kommt sie auch noch mit diesem roten Monster an. Das macht nicht nur fürchterlich Radau und pustet einem sämtliche Schnurrhaare weg. Nee, auch alle sorgfältig versteckten Leckerchen werden mit einem Fupp und Klack verschluckt! Aber als das Ding endlich im Keller verschwindet und ich mich gerade auf dem Sofa niederlassen will, reißt Alke schon wieder die Tür auf und schleppt Kisten und Kartons rein.

Und darf man gucken, was da drin is? ... Natürlich nich!
Ich hab mich trotzdem in einem versteckt ...
Es ist einfach zu drollig, wie Alke sich immer erschreckt, wenn ich plötzlich wieder raus gesprungen komm!
War allerdings nur'n kurzer Spaß, weil ich mich in so ner doofen Sternenkette verheddert hab ...

Und dann kommt Alke mit diesem Baum!
Zuerst denk ich, sie will mir damit ne Freude machen ... Es macht ja wirklich keinen Spaß, bei jedem Schietwetter in der Hecke rum zu turnen ...
Aber als ich, ganz ohne Anlauf, direkt bis in die Spitze spring, kippt die Tanne einfach ins Bücherregal und Alke hat sofort richtig miese Laune!

Behauptet, ich wär das Schuld ...

Ist natürlich Blödsinn ... Wenn sie das Ding auf so'n wackeliges Tischchen stellt, kann das ja nicht halten!

Aber erklär das mal nem Dosenöffner ... Also bin ich erst mal in Deckung gegangen ...

Als ich später um die Ecke komm, steht der Baum tatsächlich wieder auf dem Tisch ... manchen is eben nicht zu helfen ... und da dran hängen jetzt auch diese Glitzerkugeln und so'n Zeug ...

Eigentlich will ich ja nur mal gucken, ob die auch so lustig über den Boden kullern können, schon mault Alke wieder rum ...

Ich versteh die Dosenöffner nich ... Wozu soll Lametta denn gut sein, wenn man nich danach angeln darf?

Da geh ich lieber in die Küche ... Hier riecht es sooo lecker! Aber probieren kann ich nix, is alles viel zu heiß für meine Pfoten ...

Immerhin steht die Sahne noch neben dem Topf. Ein kleiner Schubs, schon läuft alles am Schrank runter. Man braucht sie nur abzuschleckern ...

Danach is erstmal ein Nickerchen fällig, das geht in Alkes Bett am besten ...

Aber kaum hab ich mir eine gemütliche Kulle ins Kissen getrampelt, klingelt's ...

Oha! Alkes Welpen ...

Wenn die kommen lohnt sich ein guter Platz unter dem Tisch immer!

Bei Hühnchen is Alke ja nicht kleinlich, aber wenn's diesen gans großen Vogel gibt, bekomm ich von ihr echt nix!!!

Dafür fällt den Welpen um so mehr runter ...
Puh, die sind echt großzügig ...

Eigentlich wollt ich ja noch helfen, die Päckchen auszupacken, aber irgendwie fallen meine Augen immer wieder zu ... war vielleicht doch zu viel für meinen Bauch ...

Lieber wieder ab ins Bett ...
Hier is jetzt wenigstens Ruhe ...
Und wenn Alke nachher kommt, kann ich ja nochmal nach dem Baum gucken ...

PS: Der Vogel heißt nicht gans großer, sondern nur Gans, und ins Wohnzimmer darf ich auch nich mehr rein ...

Zisch, Bumm, Peng

Eigentlich kann es mir ja nur Recht sein, wenn die Dosenöffner alles mögliche feiern, denn immer gibt's dann was leckeres zu Essen und in der Bude is richtig was los ...
Aber was, bitte, soll dieser Krach zum neuen Jahr???

Schon den Tag vorher will man, nichts Böses ahnend, den Fischteich der Nachbarn besuchen, da knallt es auf einmal derart, dass nich nur den Mäusen das Herz in die Hinterpfoten rutscht!!!

Alke meint, es sei besser, wenn ich an diesem Tag Zuhause bleibe, und ausnahmsweise geb ich ihr Recht ...
Wer will schon, dass einem diese Knallfrösche um die Ohren fliegen?
Nich mal der doofe Siam von gegenüber traut sich heute auf mein Dach, also fällt die übliche Rauferei eh flach ...

Aber was soll ich jetzt den ganzen Tag anstellen???

Immerhin wird nun alles mit bunten Luftschlangen geschmückt ... die drehen sich so lustig, wenn man mit der Pfote danach angelt, und Alke stellt sich damit nich ganz so pingelig an, wie mit den Weihnachtskugeln...

Und was gutes zu Essen gibt's natürlich auch wieder:

Fondü!

Da wird ein ganzer Berg Fleisch in winzige Stücke geschnitten …
Find ich sehr praktisch, denn dann fällt's nich so auf, wenn ich den einen oder anderen Happen stibitz …
Warum man das ganze dann allerdings in mühseliger Kleinstarbeit einzeln auf 'nen Spieß picken muss, um es dann auch noch in einem Topf auf dem Tisch zu brutzeln, bis die ganze Bude raucht is mir nich ganz klar …

Dosenöffner eben …

Auf einmal fangen alle an zu zählen und die Flasche Sekt kommt auf den Tisch …

DAS kenn ich noch vom letzten Mal!
Also nix wie unters Sofa!
Is zwar übers Jahr ganz schön eng geworden hier, aber dafür wenigstens dunkel …

Und dann geht der Mist los:
Ich hör nur noch Bumm und Zisch und Peng …

Und trotzdem muss ich einen Blick riskieren …
Während nämlich die Dosenöffner verzückt in den Himmel gucken, haben sie nich mehr die Augen für das Wesentliche an diesem Abend:

Das Fleisch!

Völlig verlassen und verwaist liegt es dort auf dem Tisch!
Da muss ich mich schleunigst drum kümmern!

Hier sind nun also Finesse und Schnelligkeit gefragt, um das Ganze ungesehen unters Sofa zu schaffen …

Aber für mich is das ein Leichtes und dann is mir wirklich egal, was die da draußen für'n Trara mit der Knallerei machen …
Ich find', das neue Jahr könnte gar nich besser anfangen …

PS: Ich hab sooooo Bauchweeeh …

Diät?!?

Also manchmal frag ich mich ja doch, ob die Dosenöffner noch alle Mäuse auf der Pfanne haben!

Vor'n paar Tagen fing's ganz harmlos an...

Ich frag höflich nach meinem Essen, und Alke ignoriert das einfach.
Gut ... kann ja mal passieren ...
Einmal!

Das nächste mal läuft alles, wie es sich gehört ... bis ich in meinen Napf guck:
Da is ja nur die Hälfte drin!?!

Natürlich sag ich Alke, dass ihr da ein schwerer Fehler unterlaufen is, aber irgendwie will sie davon nichts wissen ...
Geht einfach raus und lässt mich vor dem Napf verhungern!

Ganz klar: mit Höflich komm ich hier nicht weiter ...
Also erstmal hinterher und immer um die Beine laufen ...

Neeee! Ich wollt nich auf den Arm! ... Obwohl ... jetzt kann ich ihre Nase zwacken ...

Ich hab Hunger!

Um das mal richtig deutlich zu machen, setz ich mich vor den Kühlschrank und fang das Maunzen an ...
Leider hab ich diesen blöden Schrank noch nie alleine auf bekommen, irgendwie klebt da die Tür fest ...
Selbst, wenn ich alle Krallen in die Gummiritze ramme, bewegt sich da gar nix.

Erst, als ich meinen Napf über den Boden schieb, kommt Alke um die Ecke ...

Endlich?
Ja, von wegen!
Statt die Dose rauszuholen, hält sie mir 'nen Vortrag ...
Sagt, ich wär zu dick und hätte jetzt Diät!
Verkündet auch gleich, dass es keine Leckerchen mehr gibt, und ihre Schokolade hat sie auch versteckt!

Ich? Zu dick? Soll ich jetzt so'n Moddelkater werden wie dieser doofe Siam von gegenüber???

So weit kommt das noch ... Diese scheiß Diät, die kann mich mal!

PS: Seit gestern geht's mir besser, die Nachbarn hatten endlich wieder Fische im Teich ...

Fäissbukk

Cool! Ich hab jetzt eine eigene Seite bei Fäissbukk!
Ich weiß ja nich, warum Dosenöffner immer wieder so komische Wörter benutzen ...

Was soll man denn in meinem Gesicht lesen?

Aber Alke meint, diesen englischen Kram dürfe man nich immer so genau nehmen ...

Man soll eben was über sich erzählen, sagen was man mag oder wen man überhaupt nich leiden kann ...

Ob meine Freunde das allerdings so spannend finden, wenn ich jeden Tag meinen Fressnapf poste?

Und wie blöd muss man sein, allen zu verraten, wo man gerade is?!?
Da hätt ich ja keine ruhige Minute mehr!

Nee, nee ... wo der Fischteich is, verrat ich nich!

Aber lustige Videos, schicke Fotos und so was, die teil ich gern ...

Das absolut Beste an der Sache find ich aber, dass ich nun auch mit meinen Freunden schreiben kann!!!

Da wird der doofe Siam von gegenüber bestimmt blass vor Neid!
Der tut ja immer so oberschlau.
Dabei kann der nich mal tippen, und von Fäissbukk hat der sowieso keine Ahnung ...

PS: Alke sagt, das heißt nich Fäissbukk sondern Facebook ... Na meinetwegen ...

Schietwetter

Also mal ganz ehrlich, was glauben Dosenöffner eigentlich, was man als Kater so machen kann, wenn Schietwetter is?
Naja, schlafen geht erst mal immer. Fressen auch …
Aber dann wird's auch schon langweilig …
Alke macht die Haustür auf, ich guck raus: …

   Regen!

   Das kann ich nich glauben …
Also schnell zur Gartentür … (Alke ist leider nich so schnell) …

Ich guck wieder raus ...
Regen ...

Für'n paar Minuten hock ich mich draußen unter den Tisch ... könnt ja sein, dass das Gepladder gleich aufhört ...
nee, irgendwie nich.
Also doch wieder rein ...
Ich versteh nich, warum Dosenöffner die Tür immer wieder zumachen!
Ich würd' auch schlechte Laune bekommen, wenn ich ständig vom Sofa aufstehen müsste!

Alke sagt, sie hätt' das Wetter nich gemacht ...
Ja, und was heißt das jetzt?!?

Auf's Sofa darf ich nich wegen der nassen Pfoten ...
Na gut, geh ich eben ins Bett ...
Aber irgendwie macht das gerade auch keinen Spaß ...

Ich geh noch mal gucken ...
Regen ...

Hier im Haus Mäuse oder Vögel zu treffen is illosorisch, aber in der Küche liegt ein Schwamm ... Den kann man prima mit den Hinterpfoten treten und dabei zerbeißen!
Die Küchenrolle is auch nich schlecht ...
Bis Alke kommt ...

Ich darf wieder mit ins Wohnzimmer - der Baum is ja jetzt weg - aber in der Erde von den anderen Töpfen darf ich auch nich buddeln ...
Mal gucken, ob mein Ball noch unter dem Schrank liegt ...

Hm ... wo is der jetzt wieder abgeblieben?
Unterm Teppich?

Vielleicht leg ich mich doch zu Alke aufs Sofa?
Manchmal wackelt sie so nett mit den Füßen, da könnte man ...
Puh, hat die jetzt wieder schlechte Laune!

Dann mach ich eben Paddyküre am Sessel ...
Vielleicht is hier drunter auch mein Ball?

Und was passiert eigentlich, wenn man nur eine Kralle in die
Tischdecke haut und zieht? ...
Man sitzt draußen im Regen...

PS: Der scheiß Ball kann mich mal!

Geburtstag?!?

Na toll! Heute erzählt Alke mir, dass ich vor ein paar Tagen ja auch Geburtstag gehabt hätte ...

Is das zu glauben? Für jeden Welpen wird hier geschmückt, gebacken, kommt die Torte auf den Tisch ...
Und für mich???
Nix!!!
Keine Kerzen, kein Ständchen, keine Geschenke!
Da muss ich mich doch wirklich fragen, was das soll ...

Wer bringt denn die ganzen Mäuse?
Wer kuschelt mit Alke auf dem Sofa, wenn sie lesen will?
Und hat irgendeiner der Welpen das Bett schon mal so fürsorglich angewärmt?
Überhaupt ... wir würden hier mit den Tauben gar nich mehr klar kommen, wenn ich nich wär!

Ich kümmer mich doch wirklich um alles!
Sämtliche Blumenbeete in der Gegend grabe ich um, ich kontrolliere täglich die Mülltonnen und überprüfe den Inhalt des Kühlschranks ...

Gut, die Nachbarn von gegenüber mögen mich nich besonders ...
Hat wohl mit diesen schwarzgepunkteten Fischen zu tun ...

Alke sagt, die wären ziemlich teuer ...

Ich persönlich find ja, dass die geschmacklich nich mit nem Stück Lachs zu vergleichen sind, aber sie glitzern so schön ...

Und glaubt denn wirklich einer, Alke könnte so schlank sein, wenn ich ihr nich immer 'ne Portion von Lakritze, Pizza und Schokolade abnehmen würde?

Außerdem ist es lächerlich, anzunehmen, dass Katzen nich wissen, wie es dem Dosenöffner geht ...

Niemand zwackt so liebevoll in die Nase wie ich!

Also ... Wo bleibt mein Geburtstagskuchen???

PS: Hab in der Küche Erdbeer-Sahneschnittchen gefunden ... ohne Kerzen, aber immerhin!

Miesekater

Och man … Draußen ist das tollste Wetter und ich häng hier im Sessel ab …

Bin richtig schlapp und kann mich zu nichts aufraffen!
Ständig läuft mir die Nase und im Bauch is mir auch ganz kodderich …
Erst hab ich ja gedacht, ich hätt was Falsches gegessen…
Vielleicht die Lakritze oder die Spinatpizza…
Möchte eh mal wissen, wer so was nur mit Grünzeug bestellt.

Aber Alke meint, ich hätt ne Erkältung…
Keine Ahnung, was das jetzt wieder sein soll, brauchen kann ich das jedenfalls, wie ne Maus den Kater im Nacken!
Gerade jetzt is nämlich wirklich viel zu tun!

Im Kirschbaum hocken die Tauben wie angenagelt und gurren mir die Ohren voll...

Und um die Amseln in der Hecke müsste ich mich auch dringend kümmern!

Mit denen könnte man so herrlich Verstecken spielen, wenn man es schaffen würde, sie an Alke vorbei ins Schlafzimmer zu schmuggeln.

Ich glaub nämlich, Alke hatte mal erwähnt, dass sie Vögel im Wohnzimmer nich mag...

Is mir trotzdem heute zuviel.

Mir drehts sich schon, wenn ich nur auf den Sessel kletter...

Und dann is da dieser doofe Siam von gegenüber, der immer auf meinem Dach rumlungert!

Wenn man dem nich jeden Tag Bescheid sagt, meint der am Ende noch, er hätte hier was zu melden!

Vor allem jetzt, wo die schicke Schwarz-Weiße von nebenan so nett maunzt ...

Eben hat Alke mit dem Besen wenigstens mal ordentlich Radau gemacht und der doofe Siam is abgehauen, aber so oft kehrt sie da oben auf der Garage ja leider auch nich...

Ach ja, bei den Nachbarn muss ich dringend vorbei, die haben nämlich neue Fische im Teich!

Find ich ja eigentlich sehr aufmerksam...

Trotzdem ... wenn ich an das kalte Wasser nur denke, wackeln mir schon die Beine...

30

Alke sagt, ich sei ein Miesekater und ich soll endlich aufhören zu maulen...

Die hat gut Reden...

Aber immerhin is sie jetzt in der Küche und kocht Hühnchen...

Davon bekomm ich immer was ab!

Und bis es soweit is, mach ich einfach noch ein kleines Nickerchen hier im Sessel...

PS: So'n Mist, Alke sagt, sie will auch keine Vögel im Schlafzimmer!

Gib mir Fünf!

Manchmal frag ich mich wirklich, was in den Köpfen von Dosenöffnern so los is...

Neulich lieg ich gemütlich in meinem Sessel, halt ein kleines Nickerchen und denk an nix Böses, da kommt Alke um die Ecke und hat die SUPERLECKERCHEN in der Hand...

Cool, denk ich und setz mich schon mal in Empfangsposition...

Aber statt mir nu das Leckerchen zu reichen, hebt sie nur die leere Hand und sagt:

"Gib mir Fünf."...

Ja, wie jetzt???
Soll ich ihr fünf Irgendwas geben und bekomm dafür Eins?!? Was is'n das für ne Milchkatzenrechnung???
Vorsichtshalber blinzel ich ihr mal nett zu und stups die andere Hand an...
Vielleicht hat sie da ja was verwechselt...

Aber nee... Sie zeigt mir wieder nur die leere Hand und verlangt die Fünf...

Puh... wenn wir hier nich über Forelle am Streifen reden würden, könnte Alke sich den Kram jetzt echt hinter die Ohren stecken...

Vielleicht will sie ja meinen Bauch kraulen?

Elegant schmeiß ich mich auf den Rücken und fang schon mal an zu schnurren...

Nix passiert...

Das is doch zum Mäuse melken!!!
Nur eine Pfotenlänge voraus wartet das Gaumenglück und Alke rückt es nich raus!!!
Schlimmer noch...
Sie öffnet die Faust, lässt mich einen kurzen Blick drauf werfen und versteckt es wieder...
Dabei weht dieser herrliche Duft zu mir rüber, kitzelt meine Nase und ganze Fischschwärme ziehen an meinem inneren Auge vorbei...

Ich muss diese Forelle unbedingt haben!!!

"Paddy, gib mir Fünf..."

Wie mach ich Alke nur klar, dass hier was mächtig schief läuft???
Normalerweise is sie doch recht pfiffich...
Irgendwas hat sie gerade nur falsch im Kopf...

Und plötzlich weiß ich's!
Ich muss es ihr zeigen!
Ich heb also die Pfote und tipp in ihre leere Hand...

Guck doch selbst, da is nix drin!

Und endlich kapiert sie's!!!
Ruft "Prima" und reicht mir den Fisch...

Also bitte, geht doch... man muss es den Dosenöffnern eben nur ver-
nünftig erlären...

*PS: Hätte nich gedacht, dass Alke so vergesslich is, ich muss ihr echt je-
den Tag wieder zeigen, wie es richtig läuft...*

Kell Blamaasch

Es is doch wirklich nich zu fassen, wie unsensibel Dosenöffner manchmal sind!

Dieser Tage, zum Beispiel, sitz ich mit dem Getiegerten auf unserm Dach, wir fachsimpeln ein wenig über's Angeln, plaudern so über dies und das, da schallt es plötzlich vom Balkon:

"Paddybär! Komm Schätzeken!"

Da arbeitet man also ständig an seinem Immetsch, rauft sich, was die Krallen hergeben und dann kommt Alke mit Bär und Schätzeken um die Ecke???
Der Tiger wär vor Lachen bald vom Dach gekippt!
Aber damit nich genug, bringt sie auch noch meine Mutter ins Spiel:

"Komm, Dicker. Die Mama ist auch schon Zuhause!"
Na und?!? Immerhin bin ich drei Jahre alt... Da darf ich ja wohl so lange raus, wie ich will!
Im übrigen muss ja nu nich jeder wissen, dass ich noch bei meiner Mutter wohne!

Und dann is da noch die Sache mit dem Kokosöl...

Irgendwo hat Alke gelesen, dass das Zeug gut gegen allerlei Ungeziefer wirkt und hat tatsächlich nix besseres zu tun, als mich jetzt jeden Morgen damit einzuölen!!!

Nich nur, dass ich nu glänze, wie 'ne Speckschwarte...
Nee, ich fühl mich wie 'ne ganze Tüte Raffaelo, und die Mäuse hauen schon ab, eh ich nur um die Ecke komm...
Den halben Tag muss ich mich putzen, um das Zeug wieder los zu werden, und es schmeckt einfach nur widerlich!

So kann man doch nich arbeiten!

Immerhin findet die schicke Schwarz-Weiße von nebenan es toll, dass ich ein so gepflegter Kater bin, aber wenn die hört, dass Alke mich jetzt ihr "rotes Kokosflöckchen" nennt, bin ich bei der auch unten durch...

PS: Zu dumm... Bin so ungeschickt durch die Küche gefegt, dass das Kokosöl runter gefallen is...

Ich packe meinen Koffer...

Bis jetzt hatte ich ja neben meinem Sessel und Alke's Bett auch einen Lieblingsplatz im Kleiderschrank ...

Kuschelige Wollpullover, in denen man herrlich seine Krallen verschwinden lassen kann, Bettwäsche, die auch im Winter nach Sonne riecht ... all das lässt mein Katerherz immer wieder höher schlagen...

Aber nun hab ich was völlig Neues entdeckt:

Dieser Tage kramt Alke mächtig auf dem Dachboden herum, und kommt endlich mit einem schwarzen Getüm herunter, das ziemlich groß is und Rollen hat, die auf der Treppe so einen Krach machen, dass ich lieber unter dem Bett erst mal in Deckung geh'...
Alke lässt das Ding vor meiner Nase fallen, und ich bin echt gespannt, was da drin sein könnte, doch als sie es aufmacht, is nich viel zu sehen...

Nur ein paar Strippen mit Gürtelschnalle hängen da raus und auch als ich die antippe passiert nix...

Das muss ich mir jetzt genauer ansehen und hüpf in diese komische Kiste mal rein... Riecht ein bisschen muffelich, scheint aber ganz bequem zu sein...

Derweil öffnet Alke ihren Kleiderschrank...

Das bringt mich kurz in eine arge Zwickmühle...
Einerseits hab ich selten die Gelegenheit, in den Tiefen des Schranks zu verschwinden, andererseits lieg' ich gerade so gemütlich in dem Getüm...

Aber als Alke auch noch die zweite Tür öffnet is die Sache entschieden: Schneller als sie gucken kann bin ich hinter Schals und Socken verschwunden!
Dieser graue Schal is besonders flauschig...

Das Fluchen von Dosenöffnern kann ich lässich überhören, und ich weiß, dass Alke mich niemals aus dem Schrank wieder heraus zerren würde, weil ich mich nämlich immer mit den Krallen an ihren Sachen festhalten könnte...

Deshalb wartet sie meist einfach, bis ich Hunger habe...

Aber nun hab ich erst mal Ruhe, während Alke anscheinend Klamotten sortiert...
Sie schiebt Kleiderbügel hin und her, nimmt jede Menge Blusen und Ti-Shörts raus ...
Und wozu braucht sie vier kurze und drei lange Hosen???
Irgendwie is mir das Ganze nich geheuer, darum muss ich jetzt doch mal gucken...

Cool!!!
Die Sachen verschwinden alle in der schwarzen Rollenkiste ... Also nix wie hinterher und mittenrein!
Jetzt is es viel weicher als eben ...

Ein Griff, schon hat Alke mich auf den harten Fußboden gesetzt...
Nee... so nich ...
Kaum hat sie sich umgedreht, sitz ich wieder drin und entdecke sogar meine Lieblingsbluse: die mit den langen Schleifen ...

Aber noch ehe ich nach einer davon angeln kann, hat Alke mich wieder am Wickel...

„Nein, du kommst nicht mit", sagt sie energisch...
Nicht mit???

Wohin???
Will sie etwa weg???
Wer macht denn dann die Dosen auf???

Nochmal spring ich in dies Dingsbums rein und lass mich schnurrend auf den Rücken fallen... Dann muss sie mich doch einfach mitnehmen, oder?...
Aber von wegen...

Diesmal klemmt sie mich unter den Arm und setzt mich vor die Tür...
Wenn ich will, kann ich ganz laut maunzen, und das scheint jetzt echt nötig zu sein...
Trotzdem dauert es ewig, bis die Tür wieder aufgeht...
Und nu is auch die Kiste zu... so'n Mist!

Alke tut, als wenn nix wär, schleppt das Ding in den Flur, und gibt den Welpen den Schlüssel...

„Nicht mehr als eine Dose pro Tag, und auf keinen Fall soviel Lakritz!",
hör ich noch, dann streichelt sie mir über den Kopf, sagt „Bis nächste
Woche" und is mit dem Getüm zur Tür hinaus...

*PS: Aber immerhin... Alke hat vergessen, den Kleiderschrank zuzuma-
chen...*

Alles vorbei???

Wie, war's das jetzt schon? Alke sagt, der Sommer is vorbei!

Vorbei also auch die glühend heißen Nachmittage, die man gemeinsam mit dem Tiger am Fischteich oder unter dem Kirschbaum verbracht hat?

Das verlockende Rascheln der Mäuse in der Zypressenhecke, wenn es Abend wurde?

All die zärtlichen Nasenstüber der schicken Schwarz-Weißen von nebenan in lauer Vollmondnacht?

Und vor allem: was ist mit den Grillabenden der Dosenöffner???

Dieses wunderbare Ritual, mit meiner Mama auf dem Dach zu sitzen und von hier aus auf den Tisch zu schielen, während Schwaden von Bratwurst, Steak und Fisch uns um die Nase wehen...

Und dann der Moment, wenn Alke aufsteht und uns auch ein paar Häppchen reicht!

Aber nu is der Grill im Schuppen verschwunden!

Das Dach is viel zu nass, der Kirschbaum verliert die Blätter und nachts is es so ungemütlich kalt, dass einem die Lust auf's Poussiern glatt vergeht...

Immerhin hat Alke die kuscheligen Decken wieder aus dem Schrank geholt, so dass wir abends gemütlich in meinem Sessel sitzen können...

Und vielleicht wird es auch mal wieder Zeit, Alke daran zu erinnern, dass ich für den Winterspeck noch jede Menge Lakritz und ausgiebige Nickerchen in ihrem Bett brauche...

PS: Die armen Mäuse sitzen immer noch unter der nassen Hecke, aber Alke sagt, ich darf sie auf keinen Fall mit rein bringen...

Tür zu?!?

Kann mir mal einer sagen, was meinem Dosenöffner einfällt, mich einfach alleine zu lassen???

Direkt nach dem Frühstück schickt Alke mich raus und macht die Tür zu!
Gut, erst mal denk ich mir nichts Böses, hab ich ja auch 'ne Menge zu erledigen...

Mit dem Tiger geht's ab zum Teich, gucken, ob neue Fische da sind...

Dann muss ich mal wieder den doofen Siam vom Dach schubsen, weil der immer noch nich begreift, dass er auf MEINEM Dach nix zu suchen hat!

Natürlich müssen täglich die Beete der Nachbarn umgegraben werden, und der schicken Schwarz-Weißen raune ich ein zärtliches ‚Hallo' ins Ohr...

Aber dann wird's auch Zeit für ein Nickerchen in meinem Lieblingssessel!
Also ab nach Hause und ...

Mist!
Die Tür is zu!
Is mir eh' ein Rätsel, was Dosenöffner mit diesen Dingern wollen...

Vielleicht geht's heute mal zur Küche rein?
Das wär grandios!...
Aber nee, auch alles dicht...
Nur einen Mäusewurf entfernt seh ich meinen Sessel durch's Fenster...

Haaallooo!!!
Manchmal muss man Alke erklären, was sie zu tun hat...

Aaauufmachen!!!
Nix passiert!

Doch ... es fängt an zu regnen!
Also so geht's aber nu wirklich nich!!!
Kein Dosenöffner hat 'ne Vorstellung davon, wie viel Arbeit es is, sich nachher wieder trocken zu putzen!

Bei so 'nem Wetter kann Alke doch nich einfach weg sein!

Es pladdert wie aus Eimern ...

Ich bin müde!

Ich hab Hunger!

Gerade denk ich drüber nach zu der Schwarz-Weißen zu ziehen, da regt sich drinnen doch was...

Die Tür geht auf!!!

Wird aber auch Zeit!

Alke versteht nich, was ich nun zu maulen hab, sie wär ja gar nich lange weg gewesen...

Von wegen ... mit der red ich kein Wort mehr!

PS: Hmm ... Jetzt, wo ich hier im Sessel lieg, red ich vielleicht doch nochmal mit ihr... Wer macht mir sonst die Dose auf?

Hällowien

Ich glaub, jetzt, wo der Sommer vorbei is, fehlt den Dosenöffnern eine sinnvolle Beschäftigung …

Da fangen sie auf einmal an, so'n großes, oranges Gemüse auszuhöhlen, kochen aus der Pampe 'ne Suppe ohne Fleisch und dann schnitzen sie auch noch Gesichter in die Schale …

Also, wenn mir langweilig is, geh' ich angeln oder ärger den doofen Siam von gegenüber, aber ich schnitz doch keine Muster in meinen Fisch!

Und das is ja noch längst nich alles! Macht man jetzt nichts böses ahnend seine abendliche Runde, stehen plötzlich diese hohlen Köpfe hell erleuchtet überall rum und grinsen einen grimmig an ...

Alke sagt, dass wär ein alter Brauch um böse Geister zu vertreiben, aber dann frag ich mich ja, warum es gerade jetzt von kleinen Hexen, Vampiren und Gespenstern ringsherum nur so wimmelt???
Alle Nas' lang stehen die hier nämlich vor der Tür, faseln was von Süßigkeiten oder Streich, halten einfach eine riiiiesen Tüte auf ...
Und Alke schmeißt tatsächlich immer wieder unser Lakritz da rein!

Böse Geister, die an der Haustür klingeln??? Is ja lächerlich!!!

Aber Dosenöffner meinen, wenn sie diesen Gruselgestalten keine Süßigkeiten zuwerfen, könnte es eine böse Überraschung geben:
Dann werden nämlich die Sträucher im Vorgarten eingewickelt in dreilagiges Toilettenpapier, rohe Eier liegen unter der Fußmatte, und an der Türklinke klebt Zahnpasta ...

Mir is noch nich ganz klar, was daran jetzt so schlimm sein soll, denn nun sehen die Sträucher nich mehr so trostlos aus und die Eier kann man doch immer noch essen?

Und überhaupt; an jedem anderen Tag schmieren Dosenöffner sich diese Pasta ja sogar in den Mund!
Ich hab das übrigens auch mal probiert... schmeckt scheußlich und is wohl der Grund dafür, dass man es gleich wieder ausspuckt ...

Aber irgendwie scheint es doch zu helfen, diese Gemüseköpfe vor der Tür aufzustellen, denn schon am nächsten Tag is der ganze Spuk vorbei!

Keine Gespenster mehr weit und breit, nur ein bisschen Toilettenpapier, das noch im Herbstwind flattert ...

Und das is auch gut so, denn unsere Lakritztüte is fast leer ...

PS: ... äh ... is ganz leer ...

Es spuckt!

Es is schon merkwürdig, was für Gerätschaften die Dosenöffner sich immer so hinstellen …

Zum Beispiel steht neben Alke's Schreibtisch ein Ding, das find' ich einfach faszinierend …

Erstmal is es total praktisch, denn wenn ich da drauf sitze is es schön warm und ich kann genau sehen, was Alke am Läptop grad so treibt, ohne dass sie mich gleich wieder runter schubst …

Aber dieses Ding neben dem Schreibtisch hat auch Tasten …
Bei den meisten passiert irgendwie gar nix, wenn ich da drauf drück,

aber irgendwann hab ich doch raus gefunden, mit welcher der Zauber los geht!

Man muss sie zweimal mit der Pfote berühren, dann kommt erst mal so ein Geräusch als hätte der doofe Siam von gegenüber die Nase verstopft. Als nächstes macht es *wwwwtt* und *ssssstt*, und das Ding röddelt mit irgendwas wüst hin und her …

Das kitzelt übrigens herrlich unter den Pfoten!

Aber nu wird's erst richtig spannend, denn vorne hat dieses Gerät einen breiten Schlitz, da kann man rein gucken!

Mäuse sind da allerdings nich drin, hab ich mehrfach überprüft …

Aber es bewegt sich trotzdem was!

Da *muss* man doch einfach mal mit der Pfote rein und gucken, ob man das fangen kann!

Nur … das is so zackich, das bekomm nich mal ich …

Versteh ich überhaupt nich, denn eigentlich bin ich der absolute Profi. Braucht Ihr bloß mal die Nachbarn mit dem Fischteich fragen …

Spätestens jetzt fängt Alke übrigens an zu schimpfen, aber da hör ich gar nich erst hin …

Es muss doch möglich sein, dieses Dings da drin irgendwie unter die Kralle zu bekommen!

Also geb ich noch einmal alles, geh mit der Pfote gaaanz tief rein, spür, wie es hin und her flitzt …

Und plötzlich fängt es an zu husten, macht *Klack* und *phhhüttt* und ...
... spuckt Papier!!!
Mal ehrlich ... so was denkt sich doch wirklich nur ein Dosenöffner aus.

*PS: In der Küche steht übrigens ein Ding, das spuckt nur weißes Brot ...
was willste dazu als Kater noch sagen ...*

Nix los!?

Es is doch immer das Gleiche: Um diese Jahreszeit jagt ein Unwetter das nächste ...

Da pladdert es wie aus Eimern oder dieses fiese weiße Zeuch weht einem um die Ohren und der eisige Wind fegt über mein Dach ...

Wer mag bei so 'nem Schietwetter schon seine Runde drehn?

So'n bisschen Regen is mir ja noch egal, da kann man sich unter den Baum hocken ...

Aber wenn man überall mit den Pfoten nur noch im dicken, kalten Matsch steht, find ich das nich mehr schön!

Und überhaupt is dann draußen ja auch gaaar nix los!

Nich mal Vögel kann man jagen, denn jetzt, wo die Bäume keine Blätter haben, sehen die einen eh schon von weitem ...

Den doofen Siam von gegenüber kann man auch nich vermöbeln, weil der überhaupt nich vor die Tür darf und nur im schnieken Mäntelchen am Fenster sitzt ...
Ich geh trotzdem mindestens einmal am Tag bei ihm vorbei und buddel in seinem Garten ... da ärgert der sich grün und blau ...
mmerhin ...

Von der schicken Schwarz-Weißen hol ich mir schnell 'nen Nasenstüber an der Katzenklappe ab ...
Man kann ja schließlich verstehen, dass die Pfoten so feiner Katzendamen nich im Eis rumscharren wolln ...

Und am Fischteich der Nachbarn brauchen der Tiger und ich jetzt gar nich erst gucken gehn, da muss nämlich sowieso erstmal wieder aufgefüllt werden ...
Hoffentlich denken die da auch dran!!! ...

Damit ich sie drinnen nich nerve, kommt Alke auf verdammt komische Ideen ... Schmeißt mir 'ne Papprolle vor die Nase und ich soll dann Leckerchen da raus angeln ...
Als wenn das mit 'nem Mauseloch auch nur irgendwas zu tun hätte!!!

Der verflixte Ball rollt immer unters Sofa ... aber irgendwie komm ich da einfach nich mehr so gut drunter wie im letzten Jahr ...
Und an den Blumen darf ich auch nich gnaggeln ... Möcht mal wissen, warum Dosenöffner sowas dann überhaupt rumstehen haben ...

Ich glaub, das Beste is, ich halt einfach ein Nickerchen, bis das Wetter wieder besser wird ...

PS: Könnte mich vielleicht einer wecken, wenn wieder Fische im Teich sind???

Allzeit bereit

Jetzt mal ganz ehrlich, wir wissen doch alle, dass Dosenöffner ohne uns Katzen völlich aufgeschmissen wären ...

Woher, zum Beispiel, sollten sie ohne uns wissen, wann es Zeit is aufzustehen?
Auf diese Piepdinger is doch kein Verlass. Die sind eh immer viel zu spät dran, und an manchen Tagen geben die sogar überhaupt keinen Mucks von sich.
Soll man dann etwa warten, bis der Dosenöffner von allein die Augen öffnet?
Bis dahin is unsereins ja längst verhungert!

Alke kann auch keine Mäuse, Vögel oder Fische fangen ...
Da macht sie immer große Augen, wenn ich welche mit nach Hause bringe ...

Und wie sollen Dosenöffner alleine ihre ganzen Polstermöbel sinnvoll nutzen? Ohne uns is so ein schöner Sessel im Zimmer doch völlig überflüssich ...
Auch Teile des Betts blieben ja ungenutzt und kalt, würde ich mich nich darin mit viel Mühe besonders breit machen ...

Überhaupt helf ich Alke, wo ich nur kann ...

Will sie Geschenke einpacken, prüf ich das Papier auf Reißfestigkeit und kräusel die Schleife ...

Baut sie mal wieder ein Regal zusammen, leg ich mich auf die Gebrauchsanweisung, damit sie nich wegkommt, zähle die Schrauben und kegel die Holzdübel an einen sicheren Platz unter dem Sofa; dann weiß Alke nämlich immer, wo sie sind ...

Ich sortier den Müll und räum den Kühlschrank auf ...

Ich achte penibel darauf, dass die Türen immer offen bleiben ...

Vergräbt Alke im Garten aus Versehen diese komischen Zwiebeln, find ich die ruck zuck wieder ...

Und will sie am Läpptop was tippen, bin ich sofort dabei, denn mit mehr Pfoten bin ich ja eh viel schneller als sie ...

Ich bin nich sicher, aber ich glaub, deshalb is Alke so froh, dass ich bei ihr wohne und manch anderem Dosenöffner wird es wohl ähnlich gehen …

PS: Alke sagt, sie wüsste echt nich, was sie ohne mich machen sollte. Ich weiß nur nich, warum sie dabei so grinst …

Besuchen Sie Paddy auch im Internet:

www.alke-rudat.de

www.facebook.com/paddy.katzenpost

Alke Rudat,

geboren 1965 lebt mit ihrer Familie in Mönchengladbach.

Nach der ersten Veröffentlichung 1997 im Rahmen der Literaturtage Mönchengladbach war sie einige Jahre Mitglied der Autorengruppe Federspur, nahm Teil an zahlreichen Lesungen und trat mit ihrer Autorenkollegin Elisabeth Jansen in dem Programm Schwarz steht ihr gut auf.

Ihre Texte gegen Gewalt und Missbrauch wurden in verschiedenen Anthologien veröffentlicht. Kurze Krimis und Weihnachtsgeschichten wurden im Rundfunk gelesen und sind als CD erschienen.